대셔가 원하고 바랐던 모든 것이 바로 지금 여기 있어요.

크리스마스 아침이 밝았어요. 어린이들에게 장난감을
다 전해 주고 나서, 순록들은 다시 날아 북극으로
돌아갔어요. 지금도 그곳에서 행복하게 살고 있답니다.
상쾌하고 차가운 공기, 하얀 눈이 시원한 이불처럼
늘 덮여 있는 땅, 북극에서요.

밤늦도록, 산타와 새로운 순록 썰매단은 힘차게 날아올라 온 세상을 누볐어요.

산타는 처음으로 순록들의 이름을 불러 주었어요.

"자, 대셔! 댄서! 프랜서! 빅슨! 코멧! 큐피드! 도너! 블리첸!"

다시 크리스마스이브가 되었어요. 실버벨은 산타가 순록 썰매단을 준비시키는 걸
지켜보고 있었어요. 대셔가 물었어요.
"정말 같이 안 갈 거예요?"
"그럼, 너희 여덟 친구가 충분히 잘 해낼 테니까!"

그날 밤, 대셔는 피네건 서커스 유랑단이 있는 곳으로 산타를
이끌었어요. 대셔가 속삭였어요.

"엄마, 아빠! 모두 일어나 보세요!"

엄마가 고개를 들었어요.

"대셔? 정말 우리 대셔니?"

"나예요, 엄마!"

대셔는 식구들에게 산타와 실버벨에 대해 전부 다 이야기해 주었어요.
엄마가 들려준 이야기처럼 북극이 얼마나 멋진 곳인지도 빼먹지 않았어요.

"그런데 식구들이 너무 보고 싶었어요. 우리 가족 생각밖에 안 났어요."

대셔는 순록 가족을 산타의 썰매로 데려갔어요. 산타는 순록들에게
가슴줄을 채워 주었어요. 대셔가 말했어요.

"이제 곧 믿기 힘든 일이 벌어질 거예요!"

북극은 엄마에게 들었던 것처럼 아주 멋진 곳이었어요.
대셔는 이리저리 마음껏 돌아다녔고, 산타가 주는 당근을
양껏 받아먹었어요. 하지만 마음 한구석이 텅 빈 것만 같았어요.
　"여기서 지내는 게 정말 좋아요. 하지만 식구들이 보고 싶어요.
우리 가족도 함께 있다면 얼마나 좋을까요."
　대셔가 산타에게 말했어요.
　산타가 미소를 지었어요.
　"대셔, 그게 너의 가장 큰 소원이구나. 그렇다면 가족을
찾으러 가자."

지평선 위로 새벽빛이 떠오를 무렵, 그들은 땅에 내려왔어요.
상쾌하고 차가운 공기, 하얀 눈이 시원한 이불처럼 덮여 있는
땅이었어요.

대셔는 지평선을 보며 북극성을 찾아 두리번거렸지만,
어디에도 없었어요.

산타는 웃으며 말했어요.

"대셔, 고개를 들어 위를 보렴."

북극성이 거기, 바로 머리 위에서 밝게 빛나고 있었어요.

"저게 북극성인가요?"

산타의 눈빛이 반짝거렸어요.

"메리 크리스마스! 드디어 집에 왔구나! 잘 왔다, 대셔!"

밤새도록 산타는 이 집 저 집, 옥상에서 옥상으로 길을
안내했고, 대셔와 실버벨은 밤공기를 가르며 썰매를 끌었어요.
그들은 함께 온 세상 어린이들에게 장난감을 전달했지요.
대셔는 황홀했어요. 이토록 벅차오르는 경험은 처음이었어요.
배가 터질 만큼 당근도 많이 먹었고요!
북극성은 까맣게 잊어버릴 정도로 정말 즐거웠어요.

하늘을 날고 있었어요!

산타가 썰매에 올라탔고, 대셔는 있는 힘껏 썰매를 끌었어요.

그 순간 갑자기 짐이 가볍게 느껴졌어요. 아래를 내려다보니…

산타는 고마워하며 대셔에게 가슴줄을 채워 주었어요. 줄이 대셔의 털에 부드럽게
닿았어요. 가슴줄에 달린 방울 소리는 여태껏 들어 본 소리 중 가장 아름다웠어요.

"안녕!"

대셔가 가까이 다가가자 산타가 웃으며 말했어요.

"썰매를 끌어 본 적 있니?"

대셔는 고개를 저었어요.

"아니요. 썰매는 본 적도 없어요. 하지만 매일 밤 마차를 끌었어요."

"좋아! 그렇다면 우리와 함께해 줄 수 있겠니? 크리스마스 아침 수많은 어린이를 행복하게 해 주는 일을 할 거란다."

"네, 좋아요! 꼭 하고 싶어요!"

공터에 서 있는 할아버지와 말 한 마리가 대셔의 눈에 들어왔어요.

"올해는 썰매가 무거워 유난히 힘드네요. 죄송해요, 산타."

산타는 부드럽게 미소 지었어요.

"괜찮다, 실버벨. 푹 쉬었다 가면 되니 걱정하지 말아라."

"하지만 어린이들은요, 어린이들은 어쩌죠? 크리스마스 아침까지
장난감을 다 전해 주지 못하면, 무척 속상해할 텐데요."

'어린이라고?'

대셔는 어린이들을 떠올렸어요. 그리고 앞으로 한 발짝 나아갔어요.

"저, 혹시 제가 도와드려도 될까요?"

대셔는 혼란스러웠어요. 그곳에 갈 수 있긴 한 건지,

지금이라도 돌아가야 하는 건 아닌지 생각했어요.

하지만 지나온 길을 기억해 낼 수도 없는걸요. 어찌해야 할지

갈피를 잡을 수 없었어요.

　대셔는 북극성을 올려다보며 소원을 빌었어요.

　그때, 멀리서 희미한 소리가 들려왔어요.

　숲에서 부드럽게 울려 퍼지는 방울 소리였어요.

아무리 가고 또 가도 북극성은 여전히 지평선 저 멀리 있었어요.

대셔는 북극성을 따라 몇 시간이나 달리고 또 달렸어요.

어느 밤, 세찬 바람에 서커스단 텐트가 흔들리고, 동물 우리가
덜컹거렸어요. 북극성을 바라보며 소원을 빌고 있던 대셔는
삐걱거리는 큰 소리에 깜짝 놀랐어요.

순록을 가둬 둔 우리 문이 열린 거예요!

피네건 씨의 트레일러에서 부스럭거리는 소리가 났어요.
대셔는 북극성을 한번 올려다보았어요. 잠든 식구들도 돌아보았고요.
이 순간이 단 한 번뿐인 기회일지도 모른다고 생각했어요.
심장이 쿵쾅거렸어요. 대셔는 크게 심호흡을 했어요.

그리고 있는 힘껏 재빨리 뛰쳐나갔어요.

피네건 씨의 감시 아래 하루하루 살아가면서도, 순록 가족은
가는 곳마다 사람들에게 즐거움을 주었어요.

대셔는 가족과 함께 있는 것이 좋았어요. 수많은 어린이를 만나는 것도
좋았고요. 어린이들은 언제나 다정했거든요. 대셔에게 당근도
먹여 주었어요. 당근은 대셔가 제일 좋아하는 음식이랍니다.

하지만 모두 잠든 깊은 밤, 대셔는 홀로 깨어 있는 날이 많았어요.
그럴 때면 지평선 위에 반짝이는 그 별을 바라보았지요. 상쾌하고
차가운 공기, 하얀 눈으로 된 시원한 이불을 마음속으로 떠올리면서요.

막내딸 대셔는 엄마가 들려주는 이야기를 무척 좋아했어요.

"엄마, 저 별이 북극성이에요?"

"그렇단다. 북극성이 바로 머리 위에 있으면, 여기가 집이구나 생각했지."

"나도 가고 싶어요, 엄마."

엄마는 한숨을 내쉬었어요.

"나도 그렇단다. 하지만 피네건 씨는 너무 모진 사람이잖니. 특히 탈출하려는 동물들에게 말이야."

깊은 밤에도 쉴 수 없었어요. 긴긴밤을 지나기 위해 엄마는
이야기를 들려주곤 했어요.
  "아주 신비로운 곳이란다. 상쾌하고 차가운 공기, 하얀 눈이
시원한 이불처럼 늘 덮여 있는 땅, 거기서 너희 아빠와 나는
자유로이 돌아다녔어. 빛나는 북극성 아래에서 말이야."

순록 가족이 동물 서커스단에서 살아가는 건
쉬운 일이 아니었어요. 뜨겁게 내리쬐는 태양 아래,
빽빽이 갇혀 긴긴 하루를 보내야 했거든요. 호기심 가득한
사람들은 피네건 서커스 유랑단의 순록을 한 번이라도
보겠다고 서로 밀치며 끝도 없이 몰려들었어요.

산타의 첫 번째 순록
대셔

매트 타바레스 지음 / 용희진 옮김

산타의 첫 번째 순록 대서

초판 발행 2024년 11월 14일

지은이 매트 타바레스 | 옮긴이 용희진
펴낸이 전은주 | 편집 도은선 | 마케팅 이보민 양혜림 손아영
펴낸곳 (주)제이포럼 | 출판등록 2021년 6월 30일(제2021-000006호)
주소 03832 경기도 과천시 별양로 164, 711동 2303호(부림동)
전화번호 02-3144-3123 | 전자우편 jpbforum1@gmail.com
인스타그램 @jforum_official

ISBN 979-11-987104-5-1　73840

제이픽은 (주)제이포럼의 그림책 브랜드입니다.

어린이제품 안전특별법에 의한 기타표시사항
제품명 도서 | 제조자명 (주)제이포럼 | 전화번호 02-3144-3123 | 주소 03832 경기도 과천시 별양로 164 711동 2303호(부림동) | 제조년월 2024년 11월 | 사용 연령 6세 이상

빨간 코 순록 루돌프가 안개 자욱한 크리스마스 이브에 산타의 썰매를 끌게 된 이야기, 아마 들어 봤을 거예요. 그렇다면 여덟 마리 순록의 이름은요? 어쩌면 순록 이름을 다 아는 친구도 있을지 모르겠어요.

아주 오래전엔 순록이 아니라 실버벨이라는 말이 혼자서 산타의 썰매를 끌었다고 해요. 모두에게 깜짝 놀랄 만한 이야기죠.

그 시절에는 산타가 전달해야 하는 장난감이 지금처럼 많지 않았어요. 하지만 시간이 흐르면서 크리스마스의 마법을 믿는 어린이들이 점점 더 많아지자, 산타의 선물 목록도 점점 더 길어졌어요. 썰매는 더욱더 무거워졌고요. 산타의 소중한 친구 실버벨은 나이가 들어 혼자서는 썰매를 끌 수 없게 되었어요.

이제 평범한 순록 가족이 어떻게 세상에서 가장 유명한 동물이 되었는지, 그 이야기를 들려줄 거예요. 용감한 어린 순록, 대셔가 없었다면, 절대 일어나지 않았을 일이에요.